Saad[illegible]anto

Viande froide

Nouvelle traduite de l'ourdou
par Anila Gill
avec le concours de Harjeet Singh Gill

Bleu autour

Saadat Hasan Manto, est né à Samrala, au Pendjab, le 11 mai 1912, dans une famille musulmane d'origine cachemirie. Il passe son enfance et sa jeunesse à Amritsar où, délaissant volontiers ses études, il s'échappe dans les bas quartiers, côtoie les artistes et s'essaie à la traduction en ourdou de grands textes classiques ainsi qu'à la critique cinématographique et à l'écriture de premières nouvelles. Après un passage par le berceau culturel ourdou, l'université d'Aligarh, il part, âgé de vingt-trois ans, travailler dans un hebdomadaire de cinéma à Bombay, où il passera douze ans, n'était une parenthèse d'un an et demi à Delhi comme employé d'All India Radio.

Tôt lassé par le journalisme, il entre et s'impose vite dans le milieu du cinéma, signant les scénarios d'une douzaine de films, pour la plupart des comédies sociales. Ce milieu iconoclaste et interlope, où la frontière entre actrices et courtisanes est souvent bien ténue, le fascine. De quoi nourrir, plus tard, une galerie de portraits sans concession de stars qu'il a approchées. De même les quartiers malfamés, où ses pas toujours l'attirent, seront-ils le théâtre de beaucoup de ses nouvelles. Faste période où, de plus, il se marie avec une jeune femme de bonne famille dont il aura quatre enfants. Il continuera cependant de vivre la nuit et de fréquenter un monde dépravé, par le prisme duquel son regard de nouvelliste débusque l'hypocrisie de la société.

Les prostituées, malfrats et autres personnages de petite envergure qu'il met en scène ne sont pas conformes aux héros « positifs » de la littérature didactique alors prisée dans les sphères communistes, en particulier par le mouvement des écrivains progressistes. Ce mouvement, qui le verra d'abord d'un bon œil, taxera vite ses nouvelles de malsaines et de réactionnaires. Les pouvoirs publics, aussi, s'en prendront à lui. Plusieurs nouvelles prétendument pornographiques lui vaudront en effet d'être traîné devant les tribunaux. Manto aura beau, à chaque fois, obtenir l'acquittement en appel, ces procès à répétition contribueront à forger de lui l'image d'un écrivain sulfureux.

Après l'indépendance en 1947 et la partition du pays, qui éclate en deux états indépendants, l'Inde et le Pakistan, l'atmosphère de suspicion qui pèse sur les musulmans décide Manto à quitter Bombay pour Lahore. Début 1948, quand Manto débarque au Pakistan, il trouve un pays en ruines et décide, en l'absence de toute industrie cinématographique, de se consacrer à la littérature. La première nouvelle qu'il publie à Lahore, « *Thanda Gosht* » (« Viande froide »), le ramène certes devant un tribunal, mais, faute d'un autre gagne-pain, il persiste. Il ne vivra finalement que de ses écrits durant les dix dernières années de sa vie. Des écrits prolifiques où il croque avec la même verve et le même humour noir les stars de cinéma de Bombay et les horreurs de l'Histoire.

Mais, dans ce pays qui lui demeure étranger et fermé, le gagne bientôt un mal-être qui l'entraîne à boire autant qu'il écrit. Sa santé ne résiste pas longtemps à cette course folle. Manto meurt, à bout de souffle, le 18 janvier 1955, laissant une œuvre considérable : plus de deux cent cinquante nouvelles, un roman, une pièce de théâtre, des essais et un récit autobiographique de ses années à Bombay. La parution en Grande-Bretagne d'une anthologie de ses nouvelles a été acclamée par Salman Rushdie, qui voit en Manto le maître incontesté de la nouvelle moderne indienne. Les nouvelles de Manto, traduites aussi en allemand et maintenant en français, ont inspiré et inspirent toujours moult pièces de théâtre et films.

Anila Gill

Viande froide

Quand Ishar Singh entra dans la chambre d'hôtel, Kulwant Kaur se redressa sur son lit. Elle le scruta de ses yeux perçants et referma la porte derrière lui. À minuit passé, les faubourgs de la ville baignaient dans une étrange torpeur. Kulwant Kaur était assise en tailleur. Ishar Singh se tenait debout dans un coin, son sabre à la main, tête baissée. Il tentait manifestement d'y voir clair dans ses pensées. Quelques moments passèrent ainsi, dans le silence. Au bout d'un certain temps, Kulwant Kaur changea de position. Elle laissa tomber ses jambes du lit et se mit à les balancer. Ishar Singh se taisait toujours.

Kulwant Kaur avait des mains larges et de grands pieds. Ses hanches débordaient de chair flageolante, sa poitrine saillait un peu trop. Une ombre de poils lui noircissait la lèvre supérieure. La forme de son menton dénotait une femme de caractère. Le turban d'Ishar Singh, noué serré, se défaisait. Ses mains, et le sabre, tremblaient légèrement. Avec sa carrure et ses traits, il paraissait néanmoins taillé pour elle. Le silence s'éternisait. Kulwant Kaur n'en pouvait plus. Elle n'eut que la force de murmurer, en le fusillant du regard : « Ishar Sian ![1] » Il leva la tête mais, incapable de soutenir son regard, la tourna aussitôt. Kulwant Kaur cria : « Ishar Sian ! »

Immédiatement elle s'adoucit. Elle se leva, s'approcha de lui et lui demanda : « Où avais-tu disparu pendant tout ce temps ? » Ishar Singh passa la langue sur ses lèvres sèches : « Je ne sais pas. » « Tu appelles ça une réponse ! » Il jeta son sabre dans un coin et s'allongea. Il semblait être souffrant depuis plusieurs jours. Considérant Ishar Singh dont le corps couvrait tout le lit, Kulwant Kaur eut pour lui une soudaine tendresse. Elle posa la main

1. Diminutif affectueux pour Singh.

sur son front : « *Jani*[1], que t'est-il arrivé ? » Il cessa de fixer le plafond et caressa son visage familier : « Kulwant ! » Il y avait de la douleur dans sa voix. Ses yeux se perdirent dans sa lèvre supérieure derrière laquelle il lui sembla qu'elle disparaissait. « Oui, *jani* ! », susurra-t-elle, et elle commença à le mordiller. Il retira son turban. Son regard implorait Kulwant Kaur de l'aider. Il donna une claque sur ses hanches charnues, rejeta la tête et se dit à lui-même : « Ce putain de cerveau est malade ! » Ses longs cheveux[2] se défirent. Kulwant Kaur entreprit de les démêler avec ses doigts, puis lui dit, affectueuse : « Ishar Sian, où étais-tu pendant tant de jours ? » « Chez la putain de mère. » Ishar Singh la dévora des yeux et, d'un coup, se mit à malaxer sa poitrine. « Par Wahe Guru, tu es une femme vigoureuse. » Kulwant Kaur repoussa ses mains avec coquetterie et recommença : « Où étais-tu ? Tu es allé en ville ? Jure sur moi ! »

1. Ma vie, mon amour.
2. Les longs cheveux des Sikhs font partie des cinq « K » qui marquent les signes extérieurs de leur foi (kesh).

« Non », répondit Ishar Singh en enroulant d'un geste sa chevelure dans un chignon.

Kulwant Kaur se fâcha : « Tu étais en ville, j'en suis sûre. Tu as volé un paquet de roupies et tu me le caches. » « Celui qui te mentirait ne serait pas digne d'être le fils de son père. » Kulwant Kaur resta un moment silencieuse, avant de sursauter : « Mais je ne comprends pas ce qui t'est arrivé cette nuit-là. Tu étais bien, là, couché avec moi, tu m'avais parée de tous les bijoux que tu avais rapportés de tes pillages en ville, tu étais en train de m'embrasser et d'un coup – qui sait ce qui t'a pris ? – tu as enfilé tes vêtements et tu es sorti. »

Ishar Singh pâlit. Elle n'en perdit rien : « Regarde, tu es devenu livide. Par Wahe Guru, il y a quelque chose de louche là-dessous. » « Sur ta vie, il n'y a rien, vraiment », dit-il d'une voix éteinte. Kulwant Kaur, qui douta un peu plus, se mordit la lèvre et martela : « Ishar Sian, que se passe-t-il ? Tu n'es plus le même qu'il y a huit jours. » Il se redressa brusquement, comme s'il avait dû parer une attaque, puis serra Kulwant Kaur dans ses bras vigoureux et la secoua de toute sa force. « *Jani*, je suis le même… *Ghat ghat pajphian, teri nikle haddan di garmi.*[1] » Elle n'opposa aucune résistance mais continua à se lamenter : « Que t'est-il arrivé cette nuit-là ? » « La putain de mère, voilà ce qui est arrivé. » « Tu ne diras donc rien. » « S'il y avait quelque chose à dire, je le dirais. » « Que je sois brûlée de tes propres mains si tu me mens ! » Il l'enlaça et planta ses lèvres dans les siennes. Les poils de sa moustache entrèrent si profondément dans les narines de Kulwant Kaur qu'elle éternua. Tous deux se mirent à rire. Ishar Singh retira son *sadri*[2] et fixa Kulwant Kaur avec avidité : « Viens, *jani*, faisons une partie de cartes… »

Elle sentit perler quelques gouttes de sueur au-dessus de sa lèvre supérieure. Provocante, elle roula des yeux et lui

1. Chanson populaire pendjabi : « *Serre-moi, serre-moi fort, que tes os libèrent leur chaleur.* »
2. Sorte de pagne drapé autour des reins.

lança : « Va au diable ! » Il pinça alors très fort ses hanches charnues. D'un bond, elle s'écarta. « Arrête, ça me fait mal. » Ishar Singh s'avança encore, saisit sa lèvre supérieure entre ses dents, la mordilla. Kulwant Kaur se sentit fondre tout entière. Ishar Singh retira sa chemise et la jeta : « Allons, sortons le joker ! » Elle tressaillit. Il attrapa le bas de la tunique de Kulwant Kaur, la lui enleva comme on écorche une chèvre et la posa dans un coin, avant de scruter son corps et de lui pincer très fort les bras : « Kulwant ! Par Wahe Guru, tu es une femme appétissante. » Kulwant Kaur regarda les bleus qu'il lui avait faits. « Comme tu es cruel, Ishar Sian ! » Il sourit dans ses grosses moustaches noires. « Laisse-moi être cruel aujourd'hui. » Joignant le geste à la parole, il mordilla la lèvre supérieure de Kulwant Kaur, martyrisa les lobes de ses oreilles, claqua ses hanches charnues, couvrit ses joues de baisers, mâchonna et suça sa poitrine turgescente qu'à force il enduisit de salive. Si, avec tout ça, Kulwant Kaur était maintenant bouillante comme un pot de terre sur un feu ardent, lui n'arrivait toujours pas à s'échauffer. Tel un lutteur qui va perdre, il essayait un à un les trucs et les coups qu'il connaissait, mais en pure perte. Kulwant Kaur, tendue de désir, finit par s'irriter de tant de préliminaires inutiles. « Ishar Sian, assez mélangé ! Abats ta carte, maintenant ! »

À ces mots, il eut l'impression que son jeu lui était entièrement tombé des mains. Haletant, il s'allongea à côté d'elle et des gouttes de sueur froide perlèrent sur son front. Kulwant Kaur eut alors beau s'escrimer à allumer sa flamme de mille manières, elle échoua irrémédiablement. Tout, jusqu'à présent, s'était passé sans paroles. Mais, quand elle s'aperçut que ses efforts s'avéraient parfaitement vains, furieuse elle quitta le lit, prit un tissu qui pendait sur un crochet du mur et s'en couvrit. Puis, les narines gonflées de frustration, elle s'entêta : « Ishar Sian, qui est cette bâtarde qui t'a totalement tari ? »

Ishar Singh, étendu sur le lit, reprenait son souffle et restait coi. Kulwant Kaur enrageait : « Qui est cette traînée ? Qui est cette garce, cette *chor patta*[1] ? » D'une voix fatiguée, Ishar Singh répondit : « Il n'y a personne, Kulwant, vraiment personne. »

Kulwant, les mains sur les hanches, semblait sûre de son fait : « Ishar Sian, aujourd'hui je saurai démêler le vrai du faux. Jure sur Wahe Guru qu'il n'y a pas de femme là-dessous ! » Il allait dire quelque chose, quand elle l'interrompit : « Avant de jurer, rappelle-toi que moi aussi je suis la fille de Sardar Nihal Singh. Je te découperai en morceaux si tu mens. Maintenant, jure sur Wahe Guru qu'il n'y a pas de femme là-dessous. » Ishar Singh, d'un mouvement de tête, nia sans mot dire. Alors Kulwant Kaur perdit brusquement la maîtrise d'elle-même : elle bondit, s'empara du sabre, se débarrassa du fourreau comme d'une peau de banane et en frappa Ishar Singh.

Ce furent des fontaines de sang. Kulwant Kaur, assoiffée, se jeta sur lui comme un chat sauvage et lui empoigna

1. Voleuse de cartes.

les cheveux, tout en injuriant sa rivale inconnue. À bout de force, il la supplia d'arrêter. Il y avait dans sa voix une douleur infinie. Elle finit par reculer.

Le sang qui giclait de la gorge d'Ishar Singh maculait ses moustaches. Il entrouvrit les lèvres et fixa Kulwant Kaur avec un mélange de reconnaissance et de reproche. « *Meri jan*[1] ! Tu as été vite en besogne. Pourtant, ce que tu as fait est juste. » Dans un sursaut de jalousie, Kulwant Kaur répéta : « Mais qui est-elle, cette fille de... ? » La langue d'Ishar Singh baignait maintenant dans le sang. Il le goûta et se mit à trembler des pieds à la tête. « Et moi... et moi... *bhaini ya*[2], j'ai tué six hommes... avec ce sabre. » Kulwant Kaur, obsédée par l'autre femme, insista : « J'exige de savoir qui est cette bâtarde ! »

Dans les yeux voilés d'Ishar Singh perça une faible lueur. « N'insulte pas cette personne », lui dit-il. Kulwant Kaur cria :

1. Ma vie.
2. Putain de sœur.

« Qui est-elle ? » La voix d'Ishar Singh s'étrangla : « Je vais te le dire. » Puis il se passa la main sur le cou et, sentant le sang chaud, eut un sourire : « L'être humain, *man ya*[1], est une chose bien étrange. » Kulwant Kaur s'impatientait : « Viens-en au fait ! » Le sourire d'Ishar Singh s'étalait dans ses moustaches ensanglantées : « J'y viens. Mon cou est tranché, *man ya*... je vais tout te dire lentement. »

Tandis qu'il parlait, son front se couvrait de sueurs froides. « Kulwant ! *Meri jan*... comment te raconter ce qui m'est arrivé ?... l'être humain est vraiment une bien drôle de chose... comme tout le monde j'ai pris part aux pillages en ville... tous les bijoux et tout l'argent dont j'ai pu m'emparer, je te les ai donnés... mais il y a une chose que je ne t'ai pas dite... » Sa blessure le faisant souffrir, Ishar Singh s'interrompit et se mit à gémir. Kulwant Kaur ne s'y arrêta pas le moins du monde et, sans pitié, demanda : « Quelle chose ? »

1. Putain de mère.

Le souffle d'Ishar Singh fit voler le sang collé sur ses moustaches. « Dans la maison... que j'ai attaquée... il y avait sept personnes... j'en ai tué... six... avec ce même sabre avec lequel tu m'as... lâche-le... écoute... il y avait une fille... vraiment très belle... je l'ai prise et emmenée avec moi... » Il fit voler une nouvelle fois le sang de ses moustaches. « Kulwant *jani*, comment te dire sa beauté ?... je l'aurais tuée avec les autres mais j'ai pensé... non, Ishar Sian, tu jouis chaque jour de Kulwant Kaur, goûte aussi à ce fruit... et je l'ai portée sur l'épaule... en chemin... qu'est-ce que je disais ?... ah oui !... en chemin... près de la berge d'un canal, sous un buisson épineux, je l'ai allongée... au début j'ai pensé battre les cartes mais ensuite je me suis dit que non... » Il s'interrompit encore, sa langue était sèche.

Kulwant avala sa salive avec peine et lui demanda de poursuivre. De la gorge d'Ishar Singh sortirent ces quelques mots : « J'ai... j'ai abattu ma carte... mais... mais... » Et sa voix sombra. Kulwant Kaur le secoua : « Ensuite, que s'est-il passé ? » S'efforçant de garder les yeux ouverts, Ishar Singh regarda Kulwant Kaur dont tout le corps tremblait. « Elle était... elle était morte, c'était un cadavre... de la viande froide... *jani*, donne-moi ta main... » Kulwant Kaur posa sa main dans la sienne qui était plus froide qu'un glaçon.

Anila Gill, née en juillet 1973 à Fontainebleau d'un père sikh et d'une mère française, a vécu sa jeunesse entre l'Inde et Paris où, après son baccalauréat, elle a entamé des études de lettres modernes. C'est à la faveur de sa maîtrise sur la partition de l'Inde dans la littérature qu'elle a découvert l'œuvre de Manto, rédigeant ensuite, en vue d'un DEA (octobre 1998), une « introduction à l'œuvre d'une figure majeure de la littérature ourdou moderne : Manto (1912-1955) », puis entreprenant une thèse de doctorat intitulée « Villes et vies dans les nouvelles de Manto : l'espace des possibles ». Parallèlement à ses travaux de recherche, elle s'est lancée dans l'apprentissage de l'ourdou afin de traduire l'œuvre de Manto en français. Elle s'acquitte de cette tâche avec le concours de son père, le linguiste Harjeet Singh Gill. L'ourdou est la langue officielle du Pakistan.